扶桑拾叶集

董紅俊 著

作家出版社

作者简介

董红俊，山西省人。生于 1966 年。1988 年毕业于北京第二外国语学院日语专业。同年赴日本名古屋大学留学。在名古屋大学，爱知大学等多所大学执教，主要教授汉语及中国文化。出版物有《当代中国人面面观》（隆美出版）、《中国之窗》（白帝社）等十多种。担任《中日 · 日中学习辞典》（中国文化出版中心）、《最新实用中国语辞典》（隆美出版）等辞典编委。

在日本多个侨团及公益团体担任职务，主要担任中部日本华侨华人健行登山协会会长，中部日本华侨华人联合会副会长，中部日本华侨华人工商学联谊会副会长，爱知华侨总会理事，日本云南联谊协会青少年交流部部长等职务。常担任大型公益活动主持人。爱好相声、小品、脱口秀创作与表演。

目录

序

诗人者，不失其赤子之心者也。

清代袁枚此语，可以说道出了诗的本质。读红俊的诗，最“于我心有戚戚焉”的，就是“赤子之心”这四个字。

红俊出生于山西翼城，是一位地道的农家子弟。我觉得这是理解红俊其人最重要的关键。此后他入京读书，赴日留学，进而在东瀛大学执教，并担任众多侨团的首领，波澜起伏的人生旅途中，黄土高原泥土的芳香，始终伴随着他的成长；淳朴、忠厚、耿直、坚韧，北方农民的这些优良品质，始终印记在他生命的履痕中。无论走到哪里，身在何方，在母亲、故乡面前，自己永远是一个赤身裸体、袒露无遗的婴孩。鲁迅说：“从喷泉里出来的都是水，从血管里出来的都是血。”明乎此，我们才可以更真切地感受到，他的赤子之心，为什么那么炽热，那么强劲，那么触手可及。

红俊的赤子之心，举其荦荦大者，可有以下四端：

一曰“爱”。了解红俊的人，都知道他有一颗深挚的爱心，几乎可以说，他是为爱而活着，这部诗集，就是一曲曲爱的颂歌。这首先是母爱。在夏日的暴雨中，母亲不顾一切地寻找“少年”，“咧着淌血的嘴，放心地笑了笑”，那份殷殷的母子深情，谁不为之动容？虽然母亲过早地离世了，但“天上人间”，都有母亲“无处不在的祝福”。他甚至让自己化为“雪人儿”的母亲，“我等着你，拨动妈妈的心弦”，别出机杼的身份切换，透出的是他对母亲绵长无尽的思念。一把麦穗，一碗热汤，艰辛中的相依为命，清贫中的洁身自守，也许就是红俊人生爱之旅的出发点。

亲情连接着乡情。对那片黄土地的拳拳挚爱，也是红俊诗中始终回荡的主旋律，哪怕他置身风景如画的多瑙河畔，眼前浮现的，仍是村头的无边麦浪。《春节祭》堪称他故乡情的总爆发，这首诗在名古屋“春节祭”上朗诵时，不知让多少海外游子一洒思乡之泪！红俊亦好交友，说他“朋友遍天下”，绝非夸饰，诗集中也多有讴歌友情之作，《相逢是首歌》《感谢有你》《如果明天你见不到我》《思念》，单看这些标题，就可知朋友在他心目中居有怎样的分量。亲情、乡情、友情，汇聚成一道爱之河，时如滚滚洪波，时如涓涓细流，在他心中翻腾，吐而为诗，便其爱有自，大爱无疆。他远赴云南，资助山村贫寒女童，大病几乎丢掉性命，为的是追寻云间“七彩的故事”；他爱屋及乌，对朝夕相伴的爱犬离去，也痛不欲生。这充溢于字里行间、直击读者心扉的阵阵暖意，一如红俊自语：“那是因为爱的力量。”

二曰“诚”。红俊待人以诚，有口皆碑，有时因过于掏心掏肺，无遮无拦，而导致误解乃至反目，他也我行我素，无怨无悔。《影》可视为他的夫子自道，在历尽人生种种坎坷，阅遍世间种种沧桑之后，唯有“你”，“如影随形，不离不弃”。宁可浅如小溪，也不深如泥淖，永葆真诚的本色，这正是红俊为人的魅力所在。他在为友人拣选各种礼物后，最终决定“送你一片蔚蓝的天空”，长天一碧，片云共远，友谊的真谛，尽在于此。红俊有很多女性“粉丝”，我们戏称“红粉”，诗集中也屡见倾诉衷肠，但都是发乎情，止乎礼，彼此以诚相待，便可心无芥蒂，云消雾散后，晴空中唯有诗意的升华。“我在桥头等你”，村里的小芳姑娘，又催生了多少红俊梦中的情歌恋曲，海誓山盟？

三曰“思”。如果看到红俊有那么多吟风弄月之作，便以为他只会多愁善感，玩玩小资，那就大错特错了。他的诗中，每有浓郁的家国之思，厚重的历史之感，更时时闪现着批判的锐利锋芒，哲理的思辨之光。他的思绪能穿越时空，飞向宇宙，再反观万物，回望千秋，从而得出不同凡响的人生感悟。他“坐在月亮上”，俯瞰地球上专制暴政的刀光剑影，喋血横尸，热切地呼唤自由；他和霍金博士太空对谈，一起探讨人类命运，又联想到光绪三年山西大旱的惨绝人寰，为至今天灾人祸频仍不绝痛彻肺腑；他从月食想到后羿嫦娥，在喟叹高处不胜寒后，更祈盼天下有情人终成眷属。即便是身边琐物，他也不时情动于中，浮想联翩。从一片委身泥泞的红叶，他想到的是还给她“安静、尊严”；从蜷缩在卫生间墙角的一朵玫瑰，他想到的是因被遗忘而获得的坦荡自足。既神游宇内，想落天外，又紧接地气，贪食烟火，这种推己及物、悲天悯人的济世情怀，构成了红俊诗奇幻而又深沉的特色。“我思故我在”，红俊诗往往益人心智，其可圈可点之处，就在这里。

四曰“生”。红俊大概可称为名古屋地区华人圈子里最活跃的社会活动家，我不知道他兼职多少协会，担当多少群主，只觉得他似乎不眠不休，永远精力旺盛地为身处异域的同胞们四处奔波，展现出令人惊叹的生命活力。他最为投入的，也许是“健行登山协会”，在蓝天碧野中磨炼健康的体魄，寻求生活的乐趣，是他创办这个协会的宗旨，也是他生而为人的初心。热爱自然，敬重生命，全身心地拥抱“当下”，从一花一草、一粥一饭中发现真善美的闪光，是红俊人生画板的底色，也是最醒目的亮色。诗集中很多作品，和他经常在朋友圈里发的随笔一样，都是日常生活的点滴随想，但因感物伤怀，直指人心，便能插柳成荫，触处生春。纷飞的樱花，飘零的红叶，当然会使他和众人一样嗟叹逝水流年，但萝卜、辣椒、大蒜、韭菜也能入诗，并能从卑微中生发对个性的礼赞，就非红俊莫属了。读《致更年期的我》，我们看到他负重前行的倔强身影；读《活着》，我们听到他劝阻轻生的急切呼唤。“你是一个人，要堂堂正正地活着”，是啊，活着！我想，红俊写这句话时，一定满眼热泪。

文如其人，反之亦然。正如红俊并非完人，他的诗也并非每首均为“完璧”。也许还可以让意境更浑融些，让思绪更沉敛些，让文字更凝练些，让诗味更醇厚些，但作为他最初的诗集，我们也许可以说，赤子的第一声试啼，已足够响亮，足以动人。

因我比红俊痴长多岁，他一直半为尊敬、半为戏谑地称我“蔡老”，我也就倚老卖老，说了以上这些或许不着边际的话。尽管老眼日见昏花，但我仍欣喜地看到，这位从黄土高坡上走来的农家少年，一路高歌，唱进了北京城，唱过了日本海；相信今后他将以更为嘹亮的歌喉，去唤起更为璀璨的梦想，去响彻更为辽阔的天空和海洋，那里有诗，还有远方……

青眼高歌望吾子，

眼中之人吾老矣！

聊引杜诗作结，谨为序。

蔡　毅

己亥岁首于名城

赠宏玲

中午，在地铁上读到一首感人肺腑的诗，是赵晴妹写给宏玲妹的。忽来灵感，也草就几句相赠。漂泊异乡，能有几位知己，无论红颜还是蓝颜，都是相当幸福的事儿。

我采来一片白云
做成一把小伞
烈日炎炎的时候
它为你遮阳
保护你清秀的脸庞
和那跃动的心脏

阴雨连绵的时候
它为你蔽雨
不让你的衣服淋湿
不让雨滴落到你的心房

你是一首散文诗
很美

却有些难懂

你是一支山歌
很动人
旋律却难以捉摸

你是一本天文书
不太厚
但深奥无比

自从我们的生命里有了你
多了很多快乐
多了很多遐想
找回了很多真诚
找回了那颗原本无垢的心

今天
让我拍拍你的肩

拉拉你的手
问一声好
道一声祝福
分享你的幸福
还有你的痛苦

抬头看吧
我们看见同一片蓝天

张口呼吸吧
我们吸进同样的空气

你在哪里
我们就在哪里

你笑着的时候
我们在歌唱

你哭着的时候

我们在拭泪

你做梦的时候

我们在你的梦里

（2015 年 5 月 13 日）

我坐在月亮上

昨夜，友人甲发了一张图片，一个戴草帽的小姑娘坐在月牙儿上，十分可爱。友人乙被其吸引，悄悄爬上月亮，独自欣赏了一番风景，作了一首诗。我被月亮和诗所迷，趁着夜幕降临，她架设的云梯还没拆掉，今晚也爬到月亮上，俯瞰一下地球上的风景吧。

我坐在月亮上，
哼着一支古老的歌。

我贪婪地欣赏地球女人的美丽，
也含泪目睹她们的种种坎坷。

我看见
美艳的克娄巴特拉，
她正裸身沐浴在尼罗河。

我看见
千里寻夫的孟姜女，

她身背寒衣，又饿又渴。

我看见
大义出塞的王昭君，
香泪洒满了三千里车辙。

我看见
天生丽质的杨贵妃，
婉转蛾眉，香消玉殒马嵬坡。

我看见
一个举旗反抗的愤怒女子，
她就是伟大的圣女贞德。

我看见
戴着镣铐的志新和林昭，
她们的灵魂化作了自由的仙鹤。

我看见

抱着奄奄一息的孩童的修女，

她就是大慈大悲的特蕾莎婆婆。

地球女人啊，

你们经受了多少苦难，

饱尝了多少折磨！

我坐在月亮上，

看着人世间上演的一幕幕大戏。

陈胜吴广，斯巴达克，

一声怒吼，揭竿而起。

凯撒大帝，秦皇汉武，

东西南北，遍插王旗。

王侯将相啊，

自由地征战，所向披靡。

我看累了，
闭目休息了片刻，
千百年竟唰唰离我而去。

再看看地球，
只看见一座座寂寞的陵冢，
和那一个个残破的城池。

那骁勇善战的千军万马呀，
早已化作数不清的蝼蚁。

我坐在月亮上，
漫无边际地遐想。

这里没有繁华的香榭丽舍，
也没有维多利亚港百万美金的夜光。

我有点孤独，

也有点寂寞，

也曾问自己，

为何来这里流浪?

曾经有地球人自豪地问我:

想不想领略我们人间的辉煌?

我想了想，

坚决地摇头:

不想！不想!

因为

这里有满天的星辰做伴，

偶尔还会有外星来客造访。

因为

这里没有专制的牢笼，

我可以自由自在地思想。

因为
这里没有战争的血腥，
我可以随心所欲地徜徉。

因为
这里没有竞争的残酷，
不用去你死我活地拼抢。

因为
这里没有毒气的污染，
我可以保持起码的健康。

因为
我早已与地球告别，
把月亮当作了我的故乡！

（2015年5月20日夜）

致亲爱的晚辈

今天是我亲爱的侄女依乡俗举行订婚仪式的大喜日子，无奈我分身乏术，无法前往表示祝贺。作诗一首，赠给晚辈，既是祝贺，更是鞭策。

一

孩子，
今天是你的好日，
我却不能回到你的身旁！
郑重地道一声：
“对不起！请原谅！”

我正在大海中远航，
波涛汹涌，迷雾茫茫。
不知能否到达彼岸，
不知小船会不会再出故障。
且掬一把海水，
托海鸥送到你的新房。
又苦又涩的海水啊，

你可一定要尝一尝。

人这一辈子，

不是天天喝甘甜的泉水，

更难喝到沁人心脾的琼浆。

我正在沙漠里彷徨，

举目四周，

没有人烟，没有生命迹象。

只有荒凉的沙漠，

和那一股又一股的热浪。

不知能否走到尽头，

不知会不会变成一棵干枯的胡杨。

我捧起一把细沙，

哀求那只偶然飞过的孤雁，

托它送到你的新房。

让它抛撒到你眼前，

或许会使你感到迷惘?

这个世界啊，

空气不总是那么清新，
有些时候，
眼前只有浑浊和黑暗，
没有清澈和阳光。
你要增强免疫力，
才不会陷入迷茫。

我正在炼狱里过堂，
眼前的刀剑磨得又快又亮，
热锅里的油熬得滚烫滚烫。
我大声喊叫，
惊醒了正在午睡的阎王。
阎王紧急上朝，
质问我为何几近疯狂。
“阎王啊阎王，
你可以用我的脑浆熬汤，
你可以吞食我的五脏，
你可以用我的血液酿酒，

你可以用我的皮做成钞囊。

但是啊，

大慈大悲的阎王，

我只有一个愿望：

请你发发慈悲心肠，

剜出我的眼珠，

差小鬼送回我的故乡。

我要看看孩子幸福的笑脸，

我要看看孩子美丽的盛装！”

二

孩子，

别慌，别慌！

我已经看见了陆地，

即将到达美丽的海港。

迎接我的人群，

有人举着玫瑰，

有人挥动着郁金香。

我问东海龙王：

“为何引我到达彼岸，

为何让我横渡了大洋？”

他笑着说：

“那是因为爱的力量！”

孩子，

别愁，别愁！

我已经走到沙漠的尽头，

来到一片绿色的牧场。

好客的主人啊，

正在为我杀牛宰羊。

我问威严的上苍：

“为何引我走出荒凉的沙漠，

为何没拿我喂那群饥饿的野狼？”

他笑着说：

“那是因为爱的力量！”

孩子，

别怕，别怕！

阎王已经为我松绑，

泼掉了奈何桥头的孟婆汤。

他在那张割爱书上，

盖下了鲜红的大章。

他还设宴为我送行，

请来了作陪的东海龙王。

西施貂蝉为我斟酒，

大鬼小鬼分列两旁。

阎王一声令下，

雄壮的送行曲立即奏响。

我问炼狱的阎王：

“为何给我开恩，

为何没让我的灵魂消亡？”

他笑着说：

“那是因为爱的力量！”

三

啊，孩子，

我自由了！我还活着！

你看，

天上的云儿为我起舞，

地上的花儿为我绽放。

西国的小天使啊，

陪我在小河里沐浴，

东国的仙女啊，

给我穿上了绸缎衣裳。

北疆的牧人啊，

赠给我一匹千里骏马，

南山的寿老人啊，

熬好了珍珠翡翠汤。

生命是如此美好，

让我心里春风荡漾！

孩子啊，孩子，

我要为你热烈欢呼，

我要为你纵情歌唱！

请牢牢地记住，

只要心中有爱，

就不要放弃希望！

只要心中有爱，

何惧那惊涛骇浪！

只要心中有爱，

就阔步迈向人生的疆场！

（2015 年 5 月 27 日）

欢呼花麒麟的复活

我家有一棵叫花麒麟的树，原产于马达加斯加。由于它生命力顽强，不像一般花草那样需要天天浇水，我竟然好长一段时间忘记浇水，致使其生命垂危。幸亏亡羊补牢，才没造成永远的遗憾，它奇迹般地复活了。

早晨
我从梦中惊醒
想起久违的你
心怦怦地跳
腿不停地抖
颤颤巍巍地来到你面前

是怕惊醒熟睡中的芍药
还是怕打扰正在梳妆的玫瑰

不，都不是
因为你的谦恭
因为你的内向

好久好久

我竟忘记了立在角落里的你

我忏悔

我要向你请罪

啊，我是不是来晚了

是不是一切都已无法挽回

你的枝干枯了

你的叶失色了

我呼喊你

你不作声

我抚摸你

你毫无反应

你无助地立在那里

仿佛一尊寂寞的木乃伊

你曾

陪我走过多少春夏秋冬

你曾

分享过我多少喜怒哀乐

不论在寒风里

还是在烈日下

挺着高傲的胸

开着娇美的花

你告诉了我

什么叫不卑不亢

什么叫淡然镇定

可你

真的要离我而去吗

我不相信

你可是基督的植物啊

应该是永恒的

从此

我天天来看你

早上

端着太阳来向你问候

晚上

提着月亮来道晚安

梦里

背着你去远游

来到你的故乡马达加斯加

故乡的酋长

给你洒了圣水

故乡的少女

给你唱了复活歌

奇迹出现了

你织出了一片绿叶

又一片绿叶

你编出了一朵红花
又一朵红花
你挺直了
瘦弱的身躯
你露出了
淡淡的笑容
啊，我的花麒麟
我的爱
从此
我不再离开你
你也一定要守护我

（2015 年 5 月 31 日）

一片猩红的红叶

我捡起一片猩红的树叶
看了一遍又一遍
我知道
你来自我的家乡
我知道
你在天上漂泊了多少年
你疲惫地躺在我的掌心
却还在动弹
娓娓细语送到我耳边

好好歇会儿吧
什么都不要说
我懂得你
不需要任何语言
那浑身的沧桑
就是你青春的一页
那身上的颜色
就是你的履历书

你的心

早已飞进我的心田

我相信

总有那么一天

人们都会懂得你

在那天之前

我将守候在你身边

（2015 年 6 月）

妈妈，生日快乐

今天是母亲的生日，我们却生活在不同的世界里。写下几句话，表达对九泉之下母亲的思念。

妈
妈妈
您好吗
您猜一猜
今儿谁生日
这天又热起来
那边有没有空调
儿怕太阳将您暴晒
您要多喝水别太疲倦
您想喝一碗稀稀的米粥
还是想吃一碗热热的干面
儿知没人把玫瑰送给您
也没人把蛋糕奉上前
但您不在意这一切
只要儿女们康健

就知足满心甜

人间苦尝遍

化作彩云

升上天

妈妈

妈

妈

妈妈

记得吗

儿的道歉

是那年夏天

在咱家院子里

那是最后的见面

儿扑通跪到您面前

向您忏悔请求您宽恕

一件是丢弃您手绢的事

儿为此蛮行后悔了二十年

一件是挂了您电话的事

儿为此多夜未能入眠

记得您淌下了热泪

在场人都泪涟涟

儿为您拭掉泪

就大步而去

头也没回

儿不敢

妈妈

妈

（2015 年 6 月 6 日）

夏日断忆——麦田

六月的天啊
艳阳天
金色的浪啊
铺满家乡的麦田
太阳还没升起
社员们早已开赴到田间
热热闹闹的人群里
还有一个寡言的少年
队长一声令下
社员们挥起镰刀
麦子倒下一片又一片

夕阳西下的时候
麦田又变成了地平线
社员们收工了
只留下拾麦穗的少年
他俯身拾起一个个麦穗
把心愿念了一遍遍

卖了这些麦穗

要买好多冰棍儿

要吃好几碗肉丝面

要买好几本小人书

要买好几挂鞭炮等过年

麦了卖了

卖了几毛钱

他如数交给了母亲

汗水换来了

一斤米醋两斤盐

少年有些失望

却开始掐指头盼明年

明年一定多拾些麦穗

梦想一定要实现

明年来了

他兴致勃勃地

去把麦穗捡

捡了一筐又一筐

捡了一天又一天

可他圆圆的梦

变得越来越扁

少年长大了

他走到了遥远的天边

他看过

多瑙河畔的麦地

也见过

云贵高原的梯田

可他

闻不到

家乡泥土的芬芳

望不见

家乡麦浪的浪尖

一到六月里
他就无奈地闭上双眼
挥之不去的
还是故乡的天
故乡的地
和那梦想一点点

（2015年6月16日）

夏日断忆——一场暴雨

那是
一个炎热的夏日
放学后
他去打猪草
骄阳
像发怒的暴君
似要把一切都烤焦

他嗓子冒烟
汗水
从头流到脚
打了半篮子草
赶紧偃旗息鼓
往家的方向奔跑

不知什么时候
突然乌云密布
雷公咆哮

顷刻间大雨如注
大道小径
变成了湍急的河道

他在雨中
艰难地挣扎
仍然舍不得
把猪草扔掉
摔倒，起来
起来，摔倒

乌云密布
雷公咆哮
让母亲
比少年更为心焦
她跳上单车
风一样
蹬向少年割草的

田间小道

一道闪电
一声炸雷
她连人带车
被击倒在路边的沟壕

单车被洪水冲走
她也在沟壕里
被冷水浸泡

口里
磕掉了门牙
唇上
伤口好几道
额头
撞出了大包

可她全不知疼痛
心头响起的
只是少年的呼叫

她一次次拼命攀爬
总算爬出了沟壕
她变成了泥人
仿佛从地下钻出来的女妖
一阵阵狂奔
终于把少年找到

她一句话也没说
只是咧着淌血的嘴
放心地笑了笑
就拽上他回家
烧好一锅水
让他泡了个热澡

而她自己

发起了四十度的高烧

高烧中

她的意识有些模糊

不断地喊着少年的乳名

“宝宝！宝宝！”

而今

“宝宝”的喊声

仍在耳际萦绕

可他

却永远失去了

母亲的怀抱

想到这里

他泪如雨下

悲哀

似乎要把他击倒

妈妈

您在天国可好

是我呀

您挺身保护过的宝宝

（2015 年 6 月 20 日）

思念

谨以此诗表达一位同窗好友对另一位同窗好友的思念之情。她们一位在瑞士行医，另一位在美国某银行供职。

医院
孤零零地立在森林的中央
昏暗的走廊越走越长
听着患者们的呻吟
竟觉得难以名状的凄凉

我终于无法忍受
脱掉白大褂
放下听诊器
逃出去寻找阳光

蓝天朝我微笑
白云为我起舞
枝头小鸟对我歌唱
俯身捡起几枚落叶

枚枚都闪烁着亮光

我抬头遥望远方
看见
亲爱的闺密在朝我招手
要问她是谁
她名虹姓唐

她高高举起一束鲜花
花儿散发着无限的芬芳
她高喊着我的名字
艳阳，艳阳！

虽然遥遥地隔洲相望
可我看得见
她亲切的面庞
听得见她心脏的鼓动
她的声音

依然那么爽朗

唐虹，你好！
让我们沐浴同一片阳光
让我们一起纵情歌唱
生活是如此美好
生命里充满了希望

总有一天
我们会热烈地拥抱
慢慢地诉说衷肠
在此之前
让我们各自保重
让生命之花热烈地绽放

我转身回到病房
病榻上的老人伸出了双手
“I need you！ I love you！”

她的倾诉温暖了我的胸膛

我坚定地点头

去巡视一间又一间病房

（2015 年 10 月 20 日）

寻找幸福的四叶草

清晨
我披着阳光
拂着微风
不顾一切地去寻找你
知道你在某个地方
静候和我的遇见

小鸟们急切地向我报信
快来，快来
在这里，在这里
我吹了一声口哨
谢过那些可爱的精灵
三步并作两步
冲到你身边

我拨开那成群的三叶草
任凭它们嫉妒
不管它们窃窃私语

将你捧在胸前

对着略有羞涩的你

许下九鼎重的诺言

（2016 年 11 月 17 日）

樱子，别走！

樱子，别走！让我牵住你的手！

樱子，别哭！让我给你念本书！

樱子，别哆嗦！让我给你唱支歌！

紧跟着两场无情的雨的脚步，狂风来了，它在天地间狂舞着，肆虐着。

眼泪尚未擦干的你，在风中颤抖，你离开了母亲温暖的躯体，还未来得及同兄弟姐妹道声再见，就四处飞散，孤独地寻找着安身之处。我能不为你担忧，能不为你感到难过吗?

有人挑拨你和我的关系，说我又是梅子又是杏子又是月下美人的。说我对你不够专注。可是呀，我要辩解一声！我对你绝对出于真情！就像我对梅子她们也出于真情一样。

我知道，我留也留不住你。

那么你就走吧，莫叹气，莫哭泣，莫回头！明年这个时候，你再穿上漂亮的花衣裳，我带上酒，带上诗，我们相约老地方！

（2017 年 4 月 12 日）

和春天的对话

春天啊春天，
你在哪里?
我已呼唤了你万千遍！
快快探个头，
快快露个面！

我在这里呢，
在这里！
昨夜遇见冬天，
他呀，
对这里有无限的眷恋！
他说他怕孤独，
想永留你们人世间。
我劝他回家，
来一次长长的冬眠。
他默默地转身走了，
眼里露出一万个不情愿！

春天啊春天，

我不要那无情的冬天！

我要你给我唱歌儿，

我要你轻拂我面！

我要你温柔地注视，

我要你走进我的心田！

好，好，

我答应你！

今后我不再离开你，

日夜守候在你身边！

你寂寞的时候，

我给你唱歌，

拨动世上最美妙的琴弦！

你高兴的时候，

我们手拉手起舞，

让你神采奕奕，风度翩翩！

清晨里，

我轻吻你的额头，

黑夜里，

我陪伴在你的榻前！

春天啊春天，

感谢你的真情表白！

来，让我们手拉手，肩并肩，

快快乐乐一万年！

（2017 年 4 月 14 日）

如果明天你见不到我

如果明天你见不到我
请不要在老地方等待
我已经背起行囊
独自走向远方的沙漠

我要踩着那条干涸的大河
去寻找沙漠下的城堡
和那传说中的美女

我要去拥抱那棵千年胡杨
问问它为何那么自信
为何那么顽强

如果明天你见不到我
请不要在老地方等我
不要为我担心
不要为我失眠

那头老骆驼会跟我做伴
他会陪我走遍沙漠
累了的时候
他会驮着我前行
渴了的时候
他会带着我找到甘泉
归来的时候
他会载上我和我的收获

如果明天你见不到我
请不要在老地方等我
不要为我担心
不要为我失眠

我已经划起一只小船
驶向那浩瀚的海洋
我要去南极看帝企鹅一家
在雪地里陪他们站三天三夜

寒风凛冽地刮着

暴雪猛烈地倾倒着

企鹅爸爸一动不动地

伫立在那里

护着身下熟睡中的宝宝

企鹅妈妈去海里觅食了

她捉到几条小鱼

正焦急地赶路

她已经离家半个月了

我牵挂着他们一家

想看到爸爸妈妈久别后的拥抱

想看到妈妈把食喂给宝宝

想看到宝宝在妈妈身下撒娇

海风也许会很大很大

但我不会迷失航向

因为有天上的星星做伴
他们会告诉我往哪里划去
我会替你向帝企鹅问好
会带着帝企鹅的问候返航

如果明天你见不到我
请不要在老地方等待
不要为我担心
不要为我失眠

我已经化作了天上的云彩
你在烈日下行走的时候
我会为你遮阳
你口干舌燥的时候
我会把甘霖送到你的嘴边
你寂寞的时候
我就飘进你的心田
为你奏响一支欢快的曲子

你高兴的时候
我就飞到你的身边
为你跳起一支优雅的舞蹈
你冷的时候
我就化作一件神奇的霓裳
为你驱走所有的寒意
你从梦中醒来的时候
我就安静地坐在你的身旁
为你唱一首欢快的歌

（2017 年 5 月 25 日）

相逢是首歌

你曾对我说
相逢是首歌
我曾对你说
相知是堂生动的课

人生的路上
有荆棘，有坎坷
更有鲜花，还有欢乐

今天你我手挽着手
唱着青春的歌
走向明天
蹚过生命的长河

总有那么一天
我们会白发苍苍
我们的记忆会模棱两可
而今天记录下的故事
必定会在脑海里闪烁

因为

矫健的步伐

是一支支毛笔

灿烂的笑容

是一页页纸张

真诚的心灵

是一壶壶油墨

当你向儿孙

讲起今天的故事

会不会有些自豪

还有些羞涩

会不会笑对今天的选择

是它

放缓了青春的脚步

减少了岁月的蹉跎

（2017 年 11 月 6 日）

致秋天

秋子
你为何行色匆匆
为何急急地换下衣裳
为何头也不回
走得那么匆忙

请放缓脚步
回头看看
看看我难舍的面庞

请盯着我的眼睛
看看可怜的他
是不是眼泪一直在流淌

请伸出你的小手
握一握
我这发烫的手掌

秋子

莫要走得那么匆忙

前方

没有等待你的痴心郎

那凛冽的寒风

早已埋伏在路旁

那刺骨的冰雪

是等待你的刀枪

秋子

莫要犹豫了

莫要再彷徨

停下你的脚步

听听我的诉说

听我为你歌唱

我要你留在我身边

我要你做我的新娘

我会用双臂紧紧拥抱你

我会让你相信不变的衷肠

（2017 年 11 月 9 日）

感谢有你

——写于感恩节

假如世界上没有你

花儿

会不会开遍大地

假如世界上没有你

草儿

会不会吐露春天的气息

假如世界上没有你

风儿

会不会把爱的誓言来传递

假如世界上没有你

太阳

会不会从东方再升起

感谢有你

七十亿分之一

这难道不是

奇迹中的奇迹

感谢有你

你让我对生活如此着迷

感谢有你

你让我吹响快乐的牧笛

感谢有你

你赋予了我生命的意义

是你

将跃动的灵魂注入我的身体

是你

在前方高举引路的大旗

是你

带我跨过大河，越过小溪

是你

在黑暗中举着火把

将摔倒的我一次次扶起

今生今世

我要和你在一起

今生今世

你我不要再分离

今生今世

让我守护你的美丽

今生今世

你是我生命中的唯一

（2017 年 11 月 23 日）

致更年期的我

你是一个男人
要不停地拉车
养活你的家人
和那只
天天等你回家的小狗

你是一个园丁
要不断地浇水
把你身上的养分
灌输给那一棵棵小草

你是一个中国人
要不忘身上流淌着的血液
挺起你的胸膛
傲然走过
世界的每一个角落

你是一个人

要堂堂正正地活着

昂首阔步在大街小巷

路遇秦皇汉武

也不为其避让

你是一个更年期男人

拉车累了

我给你一个小板凳儿

有烦恼了

我给你一杯小酒

想哭的时候

我给你一块手绢儿

想撒野的时候

我给你一片空旷的草原

想飞翔的时候

我给你一片自由的天空

你可以笑

你可以哭

你可以歌唱

你可以怒吼

可是

你不能停步不前

你不能倒在阳光下

更不能倒在黑暗里

因为

前方有人等着你

有人等着给你拥抱

有人等着和你分享

酸甜和苦辣

喜怒与哀乐

（2017 年 11 月 25 日）

萝卜对我说

萝卜对我说
你嫌我淡而无味
可是我很随和
我能与牛羊肉做伴
也可以和鲕鱼共患难
天热的时候
你啃我几口
可以解渴，可以下火

辣椒对我说
你嫌我锋芒毕露
辣得你满头大汗
辣得你眼泪汪汪
可是我很热烈
吃了我
可以温暖你的心肠
何况，世上没了我
那麻婆豆腐辣子鸡丁

都会被人们忘却

大蒜对我说
你嫌我太有个性
说我让你不敢接吻
怪我让女友离开你身旁
可我帮你杀菌亿万个
让你的眼睛更明亮
我粉身碎骨
成就了蒜泥黄瓜
也陪伴饺子
走过千百个岁月

韭菜对我说
你嫌我塞牙缝
说因为我你被同事耻笑了
你发誓再也不理我
可是过年过节的时候

有多少人想着我

多少饺子包子合子想拥抱我

萝卜啊，辣椒啊

大蒜啊，韭菜啊

我错了，请原谅

你们的世界原本多种多样

你们各自闪着美艳的亮光

或许有时候不能靠近你

我要尊重你们的个性

承认你们的优点

毕竟这个星球上不只有我

（2017 年 11 月 29 日）

红叶对我说

嗖嗖嗖嗖
呼呼呼呼
又起风了
我好冷
我在颤抖
你却激动地大喊
美丽的红叶在风中摇曳

妈妈给了我一身绿色的衣裳
不知什么时候
变成了血红的颜色
你兴奋地看着我
夸我红得鲜艳
红得漂亮
你可知道
我是被渗出来的血液染红
身上的水珠
是我流不尽的泪水

我不想被风儿带走
不想离开妈妈温暖的怀抱
你
可恨的你
你今天赞美我
明天
当我干枯了
你还会理我吗

求求你
看在今天的缘分上
不要从我干枯的身躯上踏过
给我一片安静
给我一点尊严

（2017 年 12 月 1 日）

卫生间墙角的玫瑰

你知道我在哪里吗
在这里
我在这里
别说
这是被遗忘的角落
更别说
这是难以启齿的地方
它是所有人
都离不开的圣地
是所有人
旅途中最轻松的一隅

你以为我很委屈吗
你说
你应该活在情人节里
倾听恋人们的海誓山盟
应该骄傲地坐在婚礼的餐桌上
见证新人们的启航

我不委屈

什么样的海誓山盟我没听过

什么样的婚礼我没看过

多少人当着我的面

说要爱到海枯石烂

说要相守到天荒地老

可没过三年五载

不是劳燕分飞了吗

我累了

不想再进高雅之堂

我烦了

不想再听那脆弱的誓言

既然主人把我带到这里

那么

我就伴随主人

度过最自由的时刻

让他看着我微笑

让他看着我沉思

让他看着我发呆

让他看着我忘记尘世上

那无尽的虚伪、浮躁和离合

（2017 年 12 月 4 日）

银杏树的邂逅

初见的时候
你面带微笑
穿着那身黄色的衣裙
向我讲述你的故事
那久远久远的故事

我听得入迷
听得落泪
分明是偶然的邂逅
竟像久别重逢的老友

你长长的秀发
在春风中潇洒地飘逸
你朗朗的笑声
在蓝天下快活地回荡

你说
你祖祖辈辈生活在这里

算起来三亿多年了

你说
不知有多少年
只有娃娃鱼和你做伴
你耐住了寂寞
抗住了风雨雷电
更逃过了陨石的袭击
满身疮痍
却奇迹般地活到了今天

有一天
你捧来一把黄褐色的果实
看我捂住鼻子

你说
这是良药苦口的宝贝

吃掉它吧

可以止咳、润肺、定喘

还可以延年益寿

让你身体更加健壮

褐黄色的果实变成了白色

又变成了

诗礼银杏、白果鸡丁

那略带苦味的果实

滋养了我羸弱的躯体

也在酒精的伴随下

慰藉了我孤独的灵魂

趴倒在地上的我

又站了起来

继续健步前行

你看我站起来了

向我竖起了拇指

嘱咐我奋力前行

然后

你褪去黄色的衣裙

把它抛向天空

转身走开了

一瞬间

你变得无影无踪

好像

你从没来过地球村

好像

从没有过和我的邂逅

只有

那件黄色的衣裙

在空中飘呀飘

飘回

遥远的石炭纪

飘向

人类早已灭绝的未来

（2017 年 12 月 6 日）

老鹰畅想曲

下地铁后，忽见一只老鹰从空中飞过，便有了下面的文字……

春风
送给你一副结实的翅膀
你飞过绿色的平原
跃过高高的山岗
穿过荒凉的沙漠
跨过辽阔的海洋

小草对你说
朋友，朋友
带上我吧
我要跟你去看远处的风光

小鸟对你说
朋友，朋友
别忘记我

我要紧紧地跟在你的身旁

骆驼对你说
朋友，朋友
累了，就歇歇吧
请停在我结实的脊梁上

鱼儿对你说
朋友，朋友
海里也很快乐
来，我们一起看看美丽的波浪

鳄鱼对你说
朋友，朋友
都说你很善良
下来吧，填一填我饥饿的肚肠

你笑而不语

用力地抖动矫健的翅膀

向着高空

直视着远方

展翅，翱翔

（2017 年 12 月 20 日）

赠友人

听说你要去远行
我想送你一束盛开的鲜花
可是，你说
再美的鲜花
也有凋零的时候
与其看到花儿枯萎而落泪
不如让它在枝头绽放

听说你要去远行
我想送你一匹疾驰的骏马
可是，你说
再好的马儿
也无法畅游大海
与其让马儿在海边踌躇彷徨
不如让它在草原上自由地徜徉

听说你要去远行
我想送你一只扬帆的小船

可是，你说
再好的帆船
也无法跨越高山
与其让船儿抛锚在海港
不如载着航海家去远航

听说你要去远行
我想送你盘缠万两
可是，你说
旅途中何需那么多金银
与其让它沉睡在山谷
不如为需要它的人解囊

那
我还能送你什么呢
除了一句空洞的祝福
还有什么能让你带上
还有什么能伴随在你身旁

那

请让我送你一片蔚蓝的天空

让你自由自在地呼吸

无忧无虑地翱翔

让你把她当成一块画布

画出春天的故事

画出明天的梦想

当我抬头把天空仰望

可以想起

就在同一片蓝天下

健行路上

那一幕幕美好的过往

（2017 年 12 月 22 日）

春节祭

十二年前，一群奋斗在日本中部地区的中国人动手制作了一个“春节祭”，一发而不可收，今年已是第十二届。“春节祭”是什么，它有什么意义？

回家，过年
炎黄子孙永恒的主题
曾几何时
流浪在外的游子
回不起家
过不了年
母亲在那头思儿
儿在这头啜泣

自从有了春节祭
它把神奇的五彩小桥搭起

我踏过青色的小桥
跑回魂牵梦绕的故里

我踏过黄色的小桥
走回无忧无虑的孩提

我踏过红色的小桥
在人群里找到了真诚的友谊

我踏过白色的小桥
在脑海深处找回了
一个又一个回忆

我踏过黑色的小桥
漫步到远古时代
拜见了炎帝和黄帝
我告诉他们
你们的子孙后代
在五大洲顽强地生息

那串火红的冰糖葫芦
是我心中的最爱
我可以忘却蛋糕巧克力
对你却不弃不离

那碗热腾腾的刀削面
是家乡的味道
刚往嘴里送了一口
面颊已被热泪冲洗

那支婉转悠扬的《茉莉花》
从江南唱到扶桑
没失去芬芳
绽放得更加美丽

那曲雄壮的《我的祖国》
曾响彻九州大地
如今，岛国的上空

回响着它的旋律

那少林弟子的武功
释放了中华文明的能量
精湛的武艺
震撼了东洋的大地

今天
我对你说一句
春节祭，我爱你

你让世人知道了
除了东京、大阪和京都
还有个名古屋
雄峙在东瀛大地

你让世人知道了
身在异国他乡

照样可以把狮子舞起
把秧歌扭起

你告诉了岛国人
麻婆豆腐，青椒肉丝
并不代表整个中华料理
想饱口福
快向中国走起

你告诉了我远方的亲人
即便回不了家
我不再那么可怜
不再那么孤寂

（2018 年 1 月 8 日）

影

一场大雨
无征兆地来了
又急匆匆地走了
洗涤了浑浊的空气
冲走了地上的污泥

我收起雨伞
呼吸着
雨后清新的气息
继续
昂首阔步向前走去

忽然
我发现
我走在光洁的路上
而你
却倾斜在路边的泥泞里

即便这样

你也毫不在意

我走到哪里

你便追随到哪里

眼泪

瞬时

夺眶而出

一滴　一滴　又一滴

这么多年

多少人　聚了又散

多少人　来了又去

而你

也只有你

对我

不离不弃

有人

曾紧握我的双手

声泪俱下　痛哭流涕

“兄弟，知己难求

可你

是我唯一的知己”

但有一天

我却被兄弟出卖

我看见

一个阴暗的角落里

有人在狰狞地狂喜

如何挥霍

这出卖了兄弟灵魂

换回来的

花花绿绿的票子

是去灯红酒绿
还是去纸醉金迷

也有人　对月当空
向我许下海誓山盟
今生今世
你我　永不分离

可有一天
她却说
“对不起
我要离开你
我出行的时候
你没有宝马、奔驰、法拉利
我冷的时候
你买不起貂皮大衣！”

就这样

她走了

望着她远去的背影

我只有叹息

也有人　紧跟在我身后

嗲嗲地说

“我是您最忠实的粉丝”

我与她合了张影

并送她一块甜心巧克力

她心满意足地走了

一路哼着欢乐的歌曲

可某一天

我摔倒在地

伤痕累累　奄奄一息

看见路过的她

如救命稻草般

“求求你　扶我一下吧”

而她

冷漠地蔑视我一眼

追随着前面的明星远去

都说

人生如梦

都说

人生本是一场戏

都说

天下没有不散的筵席

都说

缘聚缘散缘来缘去

但你

不理会

那些世俗的东西

默默地

坚守着自己的真理

既然　看准了你

我就跟得死心塌地

不论你

功成名就

还是一贫如洗

不论你

走在金光大道

还是山涧小溪

如影随形

不离不弃

（2018年1月11日）

母爱

在好友微信朋友圈看到一把笤帚的照片，还有几行有关它的文字，勾起了我对母亲的思念……

小时候
母爱是那把短柄的笤帚
我掀翻了那碗小米粥
母亲举起笤帚
敲打我的屁股
“你，还敢不敢再浪费粮食？”
“不敢了，我再也不敢了！”
从此
我懂得了粒粒皆辛苦

长大一些后
母爱是那把长柄的扫帚
我“拿”了玩伴的小人书
悄悄据为己有
母亲挥起扫帚

在院子里穷追猛打
“你还敢不敢拿别人的东西？”
“不敢了，我再也不敢了！”
从此
我懂得了
不是自己的东西
绝对不能贪图

再长大点以后
母爱是那摞香喷喷的烧饼
那沾满芝麻的烧饼
塞满了我的背包
母亲千叮咛万嘱咐
“外面的饭不贴心，
饿了，就啃两口咱家的馍！”
那些馍
是我最珍贵的宝藏
吃腻了食堂的饭菜

我就用它果腹

再以后

母爱是不断线的唠叨

在电话那头

“天冷了

你穿上棉衣了吗？”

“中秋节了

你吃月饼了吗？”

“快过年了

你哪天回家？”

母亲不停地唠叨

我只忙着学习

埋头于工作

心不在焉地应付

再后来

母爱成了静止的音符

碰坏东西没人骂我
做错事也不再有人举起扫帚
烧饼不再是原来的味道
电话那头
再也没人唠唠叨叨
母亲走了
无尽的思念
我不知向谁倾诉

不知道去天国的路有多远
要越过多少道坎
翻过多少座山
母亲一路历尽多少艰苦

炎热的夏天
那里有没有可乘凉的大树
寒冷的冬天
那里有没有可暖身的火炉

母亲的思儿病是否治愈

夜里能不能睡熟

她会不会站在大门口

等我踏上归家的路途

纵使天上人间

我知道

母爱

仍是那无处不在的祝福

（2018 年 1 月 16 日）

冬日偶感

即便
在最寒冷的冬天
也有花儿
在傲然绽放
也有果实
挂在枝头
也有鸟儿
在快活地觅食
也有干枯的叶子
不失尊严地面对寒风
也有牢牢地坚守
信仰的人们

莫要
因为外面有寒风
就蜷缩在被窝儿里
莫要
因为路上有积雪，

就沉迷于暖烘烘的火炉旁

走出去，

你会收到一个个惊喜

会遇到一个个美丽的梦

（2018 年 1 月 20 日）

雪人儿

那天早上
我拉开窗帘
看到一个银色的世界
你微笑着
来到我的面前

“妈妈，妈妈
我好向往人世间
有梦幻的迪斯尼
有快乐的圣诞
有彩色的气球
有荡漾的秋千
我不走了
此生此世
要紧跟在妈妈身边”

我抱紧你
抚摸着你的小脸

“孩子

别走，妈妈盼你盼了好久

已经等了你八百年”

“饿了

妈妈给你烤香甜的糕点

累了

妈妈紧紧地拥你到胸前

高兴了

妈妈带你去田野跳舞

伤心了

妈妈来吻干你的泪眼

感恩上帝的眷顾

赐给你我一段母子情缘”

那天晚上

我抱着你进入了梦乡

那是许久没有过的酣眠

梦见你长大了

背起小书包上学

牵着少女的手耍玩

在大海里畅游

在高山上登攀

你说

“妈妈，我会开车了

我的车可以跑得快快

可以飞得远远

我要载着你去高山

一起采美丽的雪莲

我要载着你去太空

一起俯瞰蓝色的家园”

我笑着醒来的时候

你已不在我身边

太阳盘踞在高空

光芒似一把把利剑

我看到一片洁白的云彩
你在云彩上向我挥手
“妈妈，妈妈……”
一声声撕心裂肺的呼喊
“您别难过
我会回去看您的
我会化作春天的甘霖
我会化作山涧的清泉
我的心里
永远会装着对妈妈
美好的祝愿”

那天后
我夜夜仰望星空
天天去山里寻找
我忘记了尘世的一切

除了

你的誓言

我等着你

回到妈妈的心田

我等着你

拨动妈妈的心弦

（2018 年 1 月 25 日）

雪人儿（之二）

那天

你飘飘洒洒

随风

来到我的面前

初见时

如尘埃般

一点点

随后

越来越

活灵活现

眨着眼睛

面带笑颜

仿佛在对我说

妈妈

谢谢你

带我来到这个世界

而我

也好想对你说

孩子

谢谢你

来到我的世界

我

深情地

拥你在胸前

深深地

亲吻

你洁白娇嫩的脸

我想把我全部的爱

都送给你

让你

沐浴阳光

让你

感受温暖

可是

你却流泪了

哭着

消失在我的面前

地上流淌着你的血

黑得那么鲜艳

原来

我忘了

这泛滥的母爱

这过度的温暖

却正是

对孩子你最大的伤害

就这样

你

消融在

我的温暖里

离开了我的怀抱

我的视线

我想重新找寻你

把世界找遍

却再也寻不回

你逝去的身影

你走了

没留下一句再见

原谅我吧

孩子

原谅我

虽然给了你生命

却无法

让你成为永远

如果有来生

我一定会

用适合你的方式

守护你

让你永驻人间

（2018 年 1 月 25 日）

活着

一大早乘电车去大学上课，又遇到因人身事故而造成的大面积延误，不得已转乘其他铁路公司的车。据说又是卧轨自杀。自己误车也罢转乘也罢，都是小事，为逝去的生命深感惋惜。想起前不久日本警察厅发布的二〇一七年全国自杀人数为两万一千一百四十名，连续八年减少了。可是对每一个失去亲人的家庭来说，都是天大的悲剧啊！

珍爱生命！活着！活下去！你的生命不只是自己的。

停车

停车

求求你

快停车

我要再看一眼妻儿

我要再听妈妈唱歌

我要再喝一口甘泉

我要邂逅丘比特

可是

冰冷的机车呼啸着
无情地从我身上碾过

那天
我失去了工作
不敢回家面对妻儿
坐在公园的长椅上
哼着昭和的演歌
风来了
我浑身哆嗦
雨来了
任其往身上泼
没有了工作
我的妻儿如何过活
我，我，我
一个大男人
养不起妻儿
还有什么理由活着

那天

我被同学欺负

他们骂我太脏

对我拳打脚踢

生拉硬扯

他们逼我偷家里的钱

给他们买吃买喝

可还是不把我放过

我恐惧

我愤怒

或许

到了那个世界

我会得到快乐

我离开了人世间

远远地望见了天国

可眼前却有万丈沟壑

回头一看

地狱里正燃着熊熊烈火

我大声呼喊

快给我架一座桥

或者派一只能驾驭的仙鹤

我要奔向幸福的天国

天际传来浑厚的声音

他说是上帝的使者

“你

切莫做出愚蠢的选择

亲人们会为你哭泣

会为你深深自责

他们的生活会失去阳光

他们会经受无尽的折磨”

可是

我实在看不到希望
除了去天国
还能有什么选择

“不，不
活着才知暖凉冷热
活着才有喜怒哀乐
许多年前
一颗精子和一颗卵子的相遇
并不是什么巧合
那是上帝庄严的许可
快回去吧
此时此刻
亲人们都在盼望你的归来
他们都心如刀割”

妻儿啊
我回来了

家里没有亭台楼阁
却有你们的笑脸
不能让你们忍饥受饿
我要出去拉车
还要享受天伦之乐

妈妈呀
我回来了
我还想吃您做的点心
还要听您唱那支儿歌
有那么一天
我要走进婚姻的殿堂
与您共度幸福的时刻
一起感谢祖上的恩泽

回来了，回来了
无论人生有多少坎坷
为了亲人

为了生命

我们要活着

活着

活着

这是我

郑重的承诺

（2018 年 1 月 25 日）

今夜，后羿与嫦娥重逢

——观月全食有感

嫦娥，我的娘子
请稍等
今夜就能久别重逢
原谅你的男人
让你等得太久太久
在月宫里忍饥受冷

五千年前那一天
我射掉第九颗太阳
辞别了西王母
离开了昆仑
疲惫地踏上了归程

我想早点儿到家
告诉你
你勇敢的男人
完成了拯救百姓的使命
华夏的基业

从此将成为永恒

我满怀期待
在帝尧御赐的新房里
斟满你酿制的千年佳酿
举杯庆贺
祈愿大地上五谷丰登

在家门口
我遇见了徒弟逢蒙
他神情怪异
行色匆匆
他说师母在家
为我煮好了长寿羹

我遍寻屋内
不见你的踪影
在院里大呼了好久

仰望天空

才望见

月宫里你憔悴的娇容

你在月宫桂树下

我在爱巢院子里

遥遥地对视

唯有以泪洗面

不闻思念之声

我忙拉开射日的神弓

掏出最后一根神箭

想把月亮射下

将你搂入怀中

神箭射出了

却击中了飞来的大鹏

我奔跑三天三夜

为了请求神箭
来到帝尧的居城
负心的逢蒙
设好了埋伏
一根毒箭
射出了小孔
我倒下了
被推进了万丈深坑

我没有死
躺在草丛中
声嘶力竭地呼喊
一年又一年地翻腾
终于地裂山崩
又看到你的倩影
还有一道美丽的彩虹

我央求月神开恩

放你下凡与我重逢

或许她被感动

答应我

就在今夜

会下令熄掉所有天灯

还会差遣一条神龙

让你骑着它下来

圆我们五千年的梦

（2018 年 2 月 1 日）

我化作了海鸥

今天

我要踏上征程

去寻找远方的梦

不敢惊动朋友

只告诉了

天上的星星

它们

向我眨巴了眼睛

嘱咐我一路当心

谨防遇上

甜言蜜语的狐狸

莫要忘了看脚下

不要陷进

深深的泥坑

多事的风儿

偷听了星星的话

悄悄告诉了海鸥
那些
世上最多情的精灵

它们倾巢出动
从西伯利亚起飞
顷刻间
看到了它们矫健的身影

它们唱着欢快的歌儿
跳着优美的舞蹈
一路伴着我
我走
它们跟着走
我停
它们跟着停

我哽咽了

停下了脚步

搁下了行囊

放弃了这次旅行

我一跃而起

飞向天空

化作

它们中的一员

开始了第二个人生

（2018 年 2 月 13 日）

遇见儿时的我

——新华社《春天里，中国之美》观后感

这里面，

有儿时的你吗?

石磨边，

有赶着老驴磨豆腐的我，

每当尝到

第一口热气腾腾的豆腐，

我脸上

会绽放出幸福的笑容，

更何况，

豆腐做好了，

盼了 365 天的年就来了，

怎能不高兴呢！

爸爸的肩膀上，

有望着糖葫芦流口水的我。

我会说，

爸，

你看那位老爷爷啊，

扛着那么多糖葫芦该多累啊，

爸，

我已经长大了，

不乱花钱了，

你别给我买糖葫芦了。

然后，

爸会把我放下来，

从口袋里

摸出皱巴巴的一毛钱，

给我买一大串糖葫芦，

我甜滋滋地吃着，

心里

还有一点胜利者的得意。

这里面，

有你儿时吃过的东西吗？

冬日的早上，

妈妈给我熬热腾腾的茶汤，

我泡着玉米面饼，
一通狼吞虎咽，
背上书包奔向学堂。

那香喷喷的烧饼，
是妈妈牵挂我的心，
每次出远门前，
她会给我烙上一大摞，
说，
饿了就吃一个吧，
外面的饭再好，
也没有咱家的馍香。
我吃着妈妈的馍，
走进中学的大门，
又走出中学的大门。
走进大学的大门，
又走出大学的大门。
终于有一天，

包里装着妈妈的馍，
庄严地走出了，
悬挂着国徽的国门。

回乡的路上有你吗?
雪地里穿着布鞋的我，
脚冻伤了，
麻木了，
却毫不在意，
咯吱咯吱地，
往家的方向走，
回家后就脱掉鞋子上炕，
和家人围坐在火炉边烤火。

拥挤的车厢里，
我在过道上站站，蹲蹲，
被人挤着，踩着，
一天过去了，

一夜过去了，

终于到达了故乡的小站，

一出站，

就看见了，

赶着马车来接我的父母。

他们已经在寒风里，

等了好几个钟头了，

看见我，

都笑着上来，

把我拥到胸前。

（2018 年 2 月 23 日）

我在桥头等你

那年
我告别
温暖了我十多载的窑洞
离开养育了我的村庄
也离开从小一起长大的你
去远方寻找梦中的橄榄树
你默默地跟在我身后
送我到村口的小桥

桥下是哗哗的流水
你问我
“你，会不会像这流水一样
再也不会回来？”
我看着你忧伤的脸
想伸手帮你拭去泪珠
又把手抽了回来
那时候
我还是个害羞的少年

我不敢直视你的眼睛
低头看一眼河水
再抬头仰望一下蓝天
“河水看似流走了
它还会回来的
它会化作云
化作雾
回到我们身边”

你叹了一口气
不再言语
打开手里的包袱
拿出一条紫色的围巾
“我可以给你系上吗”
你问我

我低下头

你把围巾给我系好

还打了个漂亮的结儿

你纤细的手指

触到我的脖子

你呼出的气息

流进我的心脾

我像过电一样

感到浑身发烫

看看河里的倒影

通红的脸

映红了一大片河水

我说

“我走了

你多保重

有这条围巾护着我

我不会生病

也不会有妖魔靠近”

你说
“我在桥头等你
什么时候
你累了就回来吧
万一哪天
翅膀断了就回来吧
等你寻找到橄榄树
就回来吧”

旅途是那么漫长
我无数次陷入迷茫
我走得精疲力竭
但似乎
离橄榄树越来越近
我奋力迈开步子
向前一点一点挪动
我丢掉了所有的行李

包括钱包和日记

唯有那条褪色的紫围巾

还紧紧地跟在我身边

不知故乡的村庄有没有消失

那条小河有没有干涸

那座小桥还在不在

你还在不在桥头

等着我的归去

（2018 年 4 月 28 日）

云的遐想

云
你是谁
还没脱下开裆裤的时候
我最羡慕孙悟空
他驾着学自须菩提的筋斗云
自由自在地来往于人间和天界
我幻想着某一天从梦中醒来
变成了孙猴子
让筋斗云载我去北京
看看宏伟的天安门

上小学后
老师说你是水蒸气变作的水滴
或者凝华成的小冰晶
可想到你
就想起暴风雨到来之前
凶神恶煞般的乌云
偶尔也会想起

飘浮在大草原上空
看着马儿吃草的慈祥的白云

中学后
我才知道
你是大西南边陲省份的简称
说云下面生活着二十多个民族
他们祖祖辈辈演绎七彩的故事
我还知道了
你是九州第四十一大姓
始祖祝融是黄帝的子孙

可我越来越不懂你了
张家大哥告诉我
把你的文章交给云吧
李家大姐指点我
把你的照片交给云吧
我还没交出去

已经跌进云里雾里了

云啊云

我怎么走近你

怎么打开你的大门

什么阿里云、百度云

什么腾讯云、谷歌云

所有云都说他力大无比

说他胸怀无限

说他能怀抱整个世界

说他能容下整个宇宙

这是真的吗

那我

就把对故乡的思念

全托付给你了

你要替我妥善保存

不要让它褪色

离乡的日子越久
我对她的思念越深
她几乎占据了我整个的心灵
不腾出一块地方
我怎么装四书五经
需要的时候
我用念头点击一下
你就交还给我

那我
就把对情人的爱
都托付给你了
你要替我谨慎看管
爱，有时是无限的动力
有时却是九鼎大吕
腰被压弯了
我怎么能够前行
寂寞的时候

我拨动一下心弦
你就交还给我

那我
就把所有的梦想
都托付给你了
你要替我小心看管
不要让它蒸发
不要让它发霉
可能的话
记着帮我浇点水
记着帮我施点肥
别让它插上翅膀飞走
等着我用热烈的双手来捕捉它
等着我用温暖的胸膛来拥抱它

（2018 年 5 月 9 日）

一只花蝴蝶

一只花蝴蝶迷了路
在窗前飞啊飞
忽然
扎了一个猛子
飞进了我的心田
它停在我心田那株玫瑰花上
吸了几口花蕊上的蜜汁
抬头望着我
俏皮地舞动了翅膀

我的心被它抖动了
也跟着跳跃起来
蝴蝶和心头一次邂逅
居然跳得那么和谐
我忍不住了
也加入了它们的队伍
一起跳啊，闹啊，笑啊

猛一抬头

发现天上的星星

都眨巴着眼睛

好奇地看着我们

又交头接耳地说着什么

偶尔路过的风儿

也驻足我的窗前

把手搭在耳边

偷听我们的悄悄话

我拍了它一把

它咯咯咯地笑着逃跑了

还不断回头看我

（2018 年 5 月 10 日深夜）

春夜偶感

今夜月亮不在
满天繁星不用看它的脸色
显得异常活泼
它们眨巴着眼睛
毫无顾忌地聊着什么

我坐在阳台上乘凉
仰头细数星星有多少颗
竖耳细辨声音有多少种
忽然
从最亮的那颗星星上
吹来一股疾风
哗地一下落在我眼前
就在那个瞬间
迸发出一道耀眼的光芒

我看见光芒中央有个轮椅
轮椅上有一个熟悉的面孔

瘦削的面庞
白色的眼镜儿
啊，这不是霍金博士吗
“博士，您好！”
“Hello！ Good evening！”
一口纯正的英国贵族腔调
声音那么清脆
头也挺得笔直

知道他刚踏上旅途
去浩瀚的宇宙旅行
探索平行宇宙的奥秘
便问他在路上过得如何
他说一切都好
已经到了我们所在宇宙的边缘
一定会到达另一个宇宙
他将在不远的将来
召集多元宇宙的科学家

召开一次宇宙论坛
只是心里始终惦记着小小的地球
因为这里是他的家乡
担心人类这个小种族的未来
因为他也曾是人类一分子

他交给我一把金色的钥匙
说是刚刚研制出来的东西
或许可以用它打开记忆的盒子
回到任意的时间和空间
但不能和那里的人对话
更别企图改变历史
否则将无法回到现在
他说
“我知道你满脑子好奇心，
帮我试用一下，
看能不能自由进出，
这将是我

往来于多元宇宙的工具。”

我感谢博士的信赖
愿为探索自然界的奥秘
做一点力所能及的事情
就接过金色的钥匙
颤抖着手
打开了孩提时代的盒子
一瞬间
回到了几十年前

盒子里面的人儿
都是原来的样子
头裹白毛巾
手拿鞭子牧羊的姥爷
在灶台边
大汗淋漓地忙乎的姥姥
高唱“临行喝妈一碗酒”

饰演李玉和的父亲

拎着一桶泔水走向猪圈的母亲

在草地上过家家的伙伴儿

所有人都在忙自己的事情

没人注意到眼前的我

或者他们看不到来自未来的我

我跳了进去

站到他们对面

姥爷、姥姥

还记得那个贪吃的我吗

一到你们家

就赖着住几天的我

窑洞里的土炕多么温暖

姥姥烤的红薯多么香甜

白白的羊杂汤多么鲜美

姥爷采来的黄芩茶多么沁人心脾

啊

我看见这个馋鬼我了

姥爷、姥姥

还记得那个爱幻想的我吗

瘦小的身躯上顶着硕大的脑袋

穿着姥姥用粗布做的开裆裤

一个人坐在沟沿儿上

双手托着腮帮

仰望星空遐想

想求孙悟空带我去天宫

去王母娘娘后花园

偷几个蟠桃

回来分给家人吃

还望着远处盘山公路上

卡车的灯光

幻想着有一天能坐上卡车

去北京，见毛主席

啊

我看见这个好奇的我了

还记得那个撒了一次谎的我吗
邻居虎儿挥着一根棍棒逼问我
“一定是你偷了我家的玉米吧！”
我吓坏了
脱口而出
“不是我
是我舅舅干的！”
由此引发了一场风波
人性啊
有时实在太丑恶
我为自己的谎言
后悔了几十年
啊
我看见这个丑陋的我了

还记得那个爱听故事的我吗

油灯下

姥爷和村里人抽着旱烟

讲过好多丁戊奇荒的往事

光绪三年是最惨烈的一年

一幕幕情景

多少年来挥之不去

姥爷告诉我

村里人粮食吃完了

就剥树皮啃

拔草根嚼

黄土地上到处是白花花的树

黄土地上不剩一棵青草

树皮草根吃光了

就吃观音土

好多人鼓着圆圆的肚子

从人间走到了阴间

村外来的逃荒者

十有八九

会成为饥民果腹的吃食

村西头有个李姓爷爷

他给我摘过两把大大的杏儿

姥爷说他爷爷是个拄拐杖的瘸子

那是他七八岁的时候

有一天饿极了

伸手去锅里捞刚下锅的人肉

被他爹猛击了一棍

打断了左腿

那根捅火棍

至今还在李家炉子边

不知棍子是否还记着

那幕场景

还有少年的惨叫声

少年的痛

姥姥告诉我
那个半空中破旧的窑洞
是郭家的圣地
那年全家人躲在窑洞里
躲过了外族的抢劫和袭击
熬过了最艰难的岁月
有个五六岁的小女孩
让族人惦念了好几代
衣衫褴褛的孩子
每天来到窑洞下
家人给她扔下去一个饼子
她磕头道谢后就走
第二天她又来了
家人又扔下一个饼子
她捡起来
磕头道谢后走了
就这样
来了，走了

走了，来了

不知道小女孩来自哪里

又走到哪里

不知道她的父母

是饿死在了路边

还是饱了谁的肚皮

终于有一天

小女孩没来

家人等得着急

第二天又没来

家人等得心焦

第三天她还没来

家人都绝望了

听说老奶奶把一个大大的饼子

扔到了下面

姥爷家附近有一口水井

却终年盖着一块大石板
从来没见人打开
若不是有个“麦穗井”的名称
谁都不知下面是水井
我问姥爷
这是口枯井吗
他说不是
听说井里水汪着呢
那是光绪三年
王家老人男人都饿死了
王家媳妇奄奄一息
她把不到一岁的宝宝放到井边
任宝宝爬到了井里
后来
村人盖上了井
那口井就成了宝宝的坟墓
人们叫它麦穗井
因为宝宝叫麦穗

谁都不记得
麦穗是男还是女

啊
不知什么时候
我已来到光绪年间
我都看见了
那遍地的饿殍
那个瘸腿的李姓少年
那个小姑娘
那个小麦穗
我甚至看见了
前来巡视的山西巡抚曾国荃
这位“老饕”向皇帝上奏：
“如此旱灾二百余年罕见！”
我数了数
华北几省死了一千三百万
光三晋大地

就饿死了五百万

……

哦，霍金博士还在等我
不能久留了
我要回去报告试验结果
若有可能
我会再回到光绪年间
设法拯救我苦难的兄弟姐妹

（2018 年 5 月 16 日夜）

一只青鸟

那天

你头顶烈日

在田间除草

忽然

一只青鸟从你头顶飞过

你放下锄头

伸开双臂

想拥抱一下幸福的青鸟

你追啊追

草帽给风吹跑了

脸被晒成了古铜色

鞋底踏烂了

双脚长满了老茧

可是

青鸟从你的视线消失了

你光着脚丫

跑到了天涯
也听不到青鸟的鸣声
你甩掉衣物
游到了海角
也没有看到青鸟的影子

你大汗淋漓
饥肠辘辘
坐下来歇息
“唉！
我怎么没有追上幸福的青鸟呢！”
你摇了一下头
叹了一口气

“我在这里呢！
我在这里！”
这叽叽喳喳的鸣声
分明是青鸟淘气的声音

你唰地站起来

四处张望

终于

当你低头的瞬间

发现了胸腔的振动

原来

幸福的青鸟

早已驻进你的心田

它会伴随你

走向永远

（2018 年 8 月）

雨夜昙花

台风潭美要来了
人们躲的躲
藏的藏
电车停运了
飞机停飞了
人们争相转告
潭美是美丽的杀神
它比飞燕更力大无比
比山竹更残酷疯狂

所有的人都从街头消失了
消失得无影无踪
世界一片寂静
像撒哈拉沙漠一般荒凉
时间凝固了
不再向前流淌

就在这个时候

我闻到一缕又一缕芳香

难道潭美

带来了天外的来客

不然

谁会在此刻来访

我走向阳台

任大雨湿透了衣装

循着香气走去

看见你

披着一身洁白的轻纱

端坐在雨中

双眸将我凝望

你娇美的脸上

雨水一股股

泪水一汪汪

见我来了

你使劲摇晃
不知是激动
还是紧张
我拥你入怀
一遍又一遍
吻干那雨水和泪水
轻轻地诉说衷肠

都说你不过是昙花一现
说你来也匆匆
去也匆匆
绝不会地久天长
说你来时花枝招展
轰轰烈烈
走时毫不留恋
不顾你的情郎

可我懂你

为了今夜的相会

你向太阳神借了多少阳光

向龙王讨了多少琼浆

你倾尽所有

置办了洁白芬芳的衣裳

你请了世上最好的化妆师

装扮成美丽的新娘

你把最美的你给了我

让我如痴如狂

今夜

纵使我也化作一现的昙花

随你而去

那又有何妨

只要有你相伴

地狱也是天堂

（于2018年9月29日夜24号台风潭美到来前夕）

寻找晚霞

傍晚在群里看到丰桥、横滨、东京等地朋友们拍到的晚霞，一张比一张美。抬头望望名古屋的天空，灰蒙蒙一片，煞是凄凉。于是借酒消愁，饮下白酒数盅。迷迷糊糊中，有一位身披粉色长衣的女子来到了我眼前，替我写下了以下的文字。

淘气的晚霞
你在哪里?
在哪里? ?
在哪里? ? ?
我们不是约好了吗
每天相约在黄昏
你明明知道
我对你不变的深情

可是今天
却遍寻不见你的踪影
我抬头寻觅

先是灰蒙蒙的天空
它用冷漠的眼神望着我
后是漆黑的天空
它不理会我焦急的眼睛

你为何东躲西藏
为何让我捉摸不定
难道
难道
难道坐在某位王子的马背上
紧紧地搂着他的腰
让他感受着你心脏的跳动
你们奔向遥远的地方?

我抛弃了所有
去把你找寻
不论你躲到了丰桥
还是跑到了横滨

或者大都市东京

我都要找到你

一手拽住你的衣袖

一手牵着你的纤手

回到我们约会的树林

也许

你还在原地

只是和我玩了一下 Cosplay

也许

你抢先一步到了我梦里

在那里把我久等?

（2018 年 10 月 3 日夜）

悼小江

陪伴我四年多的爱犬小江突然走了。半夜从噩梦中惊醒，在被子里写下这段语无伦次的纪念文字……

亲爱的宝贝儿
我的小江
你从遥远的大不列颠
漂洋过海来到东方的孤岛
只身走进战火纷飞的战国时代
一路上刀光剑影
血流成河
你无所畏惧　风餐露宿
终于邂逅了德川将军
你呕心沥血
辅佐将军打造了二百多年天下

四年前的秋天
在一个落叶纷飞的日子里
你悄然来到我身边

带着满身风尘

和许许多多的故事

你是那么娇小

却又是那么刚强

你是那么温柔

却又是那么固执

有人把你比作会动的宝石

我却觉得你比宝石宝贵几万倍

因为

再美丽的宝石都是没有生命的石头

而你是聪慧善良的精灵

刚刚逝去的一千多个日子里

你陪伴在我身边

不分朝夕

不论严寒与酷暑

你从来不避讳他人的眼光

大胆地扑进我怀里

你用温热的舌头

一遍遍舔我的脸颊

舔干了我心中的孤独

温暖了我疲惫的心

你

突然离我而去

留给我的

是无尽的哀伤

满脑子的茫然

还有沉甸甸的回忆

早知如此

我该抱紧你

不让你离开我半步

早知如此

我该带上你

去周游世界

此刻

时间凝固了

空气凝固了

我浑身的血液凝固了

脑细胞凝固了

我用泪眼遥望窗外的星空

看哪颗星星是你的栖身之地

宝贝儿

亲爱的小江

等等我吧　等等我

我怎么忍心让你独自走向旅途

我要把你拥抱进心里

一起走向浩瀚的宇宙

到了那个世界后

你还做美丽的公主

我做你的马夫

（2018 年 10 月 30 日深夜）

假如

假如有一天，我从你生命中消失了，
你会不会把我念想?
假如有一天，我从你生命中消失了，
你会不会把我遗忘?
假如有一天，我从你生命中消失了，
你会不会孤独地流浪?

你，轻轻地依偎在我身旁，
望着我的眼睛，
不止一次这样傻傻地问我。

傻瓜！我的小傻瓜！
怎么会问这样的问题?！
怎么能让我伤心绝望?！
你怎么会离开我?
怎么舍得丢下我?
怎么忍心让我在荒野里彷徨！

今天，
让我来回答你。
假如，你真的消失了，
我要去乞求那翱翔的雄鹰，
借我一双翅膀，
飞遍苍穹，
将你的身影寻访。

假如，你真的消失了，
我要去乞求那只老骆驼，
载上我虚弱的身躯，
踏遍沙漠，
找寻你的足迹一行行。

假如，你真的消失了，
我要去乞求那海底的龙王，
赐我一双鳍翼，
游遍海底，

看你在何处徜徉。

你，

不要走，

不要走得那么匆忙。

等我，

等我结束此世的修行，

一定会，

背起行囊，

与你携手，

奔向那远方。

（2018 年 10 月 30 日）

江，化作女神而去

痛失小江，白天人群里强作欢颜，夜里悲痛懊悔万分。于神经错乱之中得此诗。

秋日的午后
我正望着窗外发呆
忽然四匹火马嘶鸣着
从眼前疾驰而过
火马拉着金色的日辇
上面端坐着太阳神赫利俄斯

他回头大喊：
当心啊
从北方的 Asaka 星座
将飞来一个女妖
她居住的星球上生灵即将灭绝
要从地球吸少女的血
食少女的肉
延续她们的生命

说话间

女妖从天边飘然而至

她的长发如流星划下的弧线

她的眼睛如通往地狱的洞口

她驻足快乐的桃园

瞪着杀气腾腾的双眼

桃园里结满了仙桃

香气飘荡方圆几万里

地上百花盛开

蜜蜂在花丛中欢快地飞舞

桃园里还有无数条清澈的小溪

一群少女无忧无虑地在溪水里嬉戏

她们的肌体是那么洁白

胜过女妖宫殿里的白玉

她们的乳峰硕大坚挺

让女妖无颜正视自己的胸前

她们的风姿是那么优雅

胜过 Asaka 星座上所有的女妖

她哈哈地冷笑一声

就扑向她们

她要贪婪地吞噬她们的躯体

疯狂地吸干她们的血液

灾难突然降临

少女们四处逃散

幸福的桃园顿时妖气大作

哭喊声震天

就在这个时候

一位俊俏的姑娘突然出现在女妖面前

她凛然大喝:

住手！不许欺负我桃园的姐妹！

这位姑娘叫江

是武将浅井长政的三女

她相貌出众

人称岛国杨玉环

她武艺高强
胜过昔日孙二娘
她武器精良
一对吴钩闪着寒光
她和女妖大战几百回合
终于发现女妖的破绽。
她一个旱地拔葱
跃上了赫利俄斯的那匹火马
冲进了女妖的喉咙
摘掉了女妖的心脏
刹那间女妖化成了一股青烟
而那英勇的江姑娘
也不见了芳踪
赫利俄斯在空中大笑着说:
江已变成了女神
今后将随我遨游太空
保护宇宙所有善良的生灵

（2018 年 11 月 8 日）

蓝天畅想曲

画家说，
你是一块蓝色的画布。
他要拔起一棵巨大的银杏树，
用它做画笔，
蘸上五彩池里的琼液，
画出一幅幅秋景图。
好让嫦娥把它带到月宫，
寂寞时看着它翩翩起舞。

歌唱家说，
蓝蓝的天空，
清清的湖水，
绿绿的草原，
这是我的家，
这是我的天堂。

设计师说，
你是那幅最原始的蓝图，

任我随意去构思，去遐想。

天空是不变的底，

白云是游动的框。

只要我心永恒，

梦想可自由驰骋。

诗人说，

你是一张精美的稿纸。

他要构思最动人的诗句，

让外星人看得如醉如痴，

或许他们会向往地球，

大举来访，

无需多少时日。

而我，

只想悄悄地问问你，

在你的眼里，

我又是什么呢？

也许你会说，

你不过是一只小小的蝼蚁，

漫无目的地卑微地爬行着。

可是我想说，

即便弱小如蝼蚁

也能拥有远大的梦想。

我要，

翻过丘陵，越过沙漠，

走过硝烟，穿过炮火。

我要告诉全世界，

我们，

头顶同一片蓝天，

脚踩同一片大地。

我们，

生活在同一个村庄，

那就是蓝色的地球。

我们，

应放下武器，拒绝暴力。

我们，

应手拉手，心连心。

我们，

是同根同祖的一家人。

（2018 年 11 月 20 日）

跋

自从1988年秋天东渡求学，至今在岛国度过了三十载春秋。其间从世界到故国都发生了巨大的变化。我个人也从一个血气方刚的年轻人，变成返乡后“儿童相见不相识，笑问客从何处来”的知天命年龄的人了。

环顾世界，东西方冷战的结束一时间带给人们以喜悦和希望，以为从此人类社会将更加和平，更加美好。孰料后来发生了海湾战争，阿富汗战争，叙利亚内战等等一系列惨烈的战争，以及以9.11事件为代表的恐怖袭击。美国孤立主义的抬头，英国的脱欧，欧洲各国掀起的反移民浪潮等都令人担忧。

再看祖国，始于二十世纪七十年代末的改革开放，没有因国内外形势的变化而停下步伐，经济持续高速发展，GDP跃居世界第二位，中国在世界上的大国地位牢牢地确立下来了。另一方面，环境污染问题，食品安全问题，贫富差距问题等等也不容忽视，亟待解决。

回头再看看我客居30年的日本。这个堪称我第二故乡的国家从表面上一片繁荣的泡沫经济时代，到因泡沫破灭而导致的所谓“失去的十年”时代，再到如今这个“低欲望”时代，也发生了很大的变化。少子化的推移，老龄化的加剧，给这个国家带来很多难题。

面对这样一个世界，我常常感到迷茫，感到焦虑，不知道该怎么解释世上发生的一切。当然，我并不是一个悲观主义者，我也看到人性中很多美好的东西，比如爱、宽容、关怀。我还在大自然中得到很大治愈，比如日升日落，花开花谢。我还从动物身上得到很多温暖和慰藉，比如我家名叫小江的小狗。还有，离开祖国和故乡的日子越久，就越思念那片土地，思念那里的亲人和朋友，怀念远去的少年时代。

以前偶尔和朋友们聚在居酒屋里，喝喝酒，唠唠家常，发发牢骚。自从前几年使用上微信以后，觅到很多知音。在大家的鼓励下，我开始写诗歌、散文、杂文，与许多熟识的和未见过面的朋友进行交流。所幸的是，我周围有不少博学多才的朋友，从他们身上我汲取了很多营养。比如这次欣然作序的蔡毅先生，他在名古屋的名牌私立大学南山大学担任教授，是日本汉诗文研究的专家；生长于国学世家的周先民先生，他是一位下笔成诗的大才子；还有在岛国成长起来的诗人赵晴女士等人，他们都给我的诗歌创作以良好的影响，我对这些良师益友充满感激。我平时尊称蔡先生为“蔡老”，他在序中给我总结出“爱”、“诚”、“思”、“生”四个字，虽然过誉，但感恩蔡老对我的了解、理解和鞭策，不足之处我当继续努力。

好友茹杨女士得知我开始写诗后，热心地为我介绍了一些国内的电子刊物，嘱咐我有空多读一些当代诗人们的作品，了解了解诗坛的动向。这给了我这个“土八路”很大的启发。我衷心感谢茹杨大姐。

除了在大学执教和从事一些社会活动以外，我还担任着总社设在大阪的《中日新报》记者，以及总社设在东京的《阳光导报》特约记者。两位总编孙莉女士和李春雁女士都是我的知音，常常刊发我的诗文，给了我很大鼓励，也大大地扩展了读者面。感谢这两块园地和总编们的关怀。

我请好友蓝石先生画一幅作品，作为封面画使用。他爽快地应允，不久就把作品亲手交到了我手中。感谢蓝老师的厚道和慷慨。

当然，我最感激的是给了我贵重的出版机会的作家出版社和编辑部的徐乐女士。作为中国最具权威的出版社之一，能把机会给我这样一个在诗歌上初出茅庐的人，其胸襟之宽阔令我感动。我的稿子一次次改动，徐乐女士不厌其烦地被我“摆布”，耐心地修改、校对，流下了很多辛勤的汗水。

要感谢的人罗列了这么多，有一位时刻关心支持我的人不能不提，我必须珍惜她的种种无私付出，她就是我的贤内助。

还有许多值得感恩的亲朋好友，我就不一一列举了。我是一棵嫩苗的话，你们是我的土壤，我的空气，我的阳光。我每时每刻都离不开你们。

这本诗集的出版，对我来说是小小的一步，也是重要的一步。我深知自己在这个领域不过是个小学生，竭诚希望得到前辈、同行们的批评和指导。

董红俊

2019年2月吉日

图书在版编目（CIP）数据

扶桑拾叶集 / 董红俊著 .—北京：作家出版社，2019.4

ISBN 978-7-5212-0387-5

Ⅰ.①扶… Ⅱ.①董… Ⅲ.①诗集—中国—当代 Ⅳ.① I227

中国版本图书馆 CIP 数据核字（2019）第 031619 号

扶桑拾叶集

作　　者：董红俊
封面画家：蓝　石
责任编辑：徐　乐
装帧设计：丁奔亮
出版发行：作家出版社有限公司
社　　址：北京农展馆南里 10 号　　　**邮　　编：**100125
电话传真：86-10-65067186（发行中心及邮购部）
86-10-65004079（总编室）
E-mail:zuojia @ zuojia.net.cn
http://www.zuojiachubanshe.com
印　　刷：北京明月印务有限责任公司
成品尺寸：142 × 210
字　　数：120 千
印　　张：6.25
版　　次：2019 年 4 月第 1 版
印　　次：2019 年 4 月第 1 次印刷
ISBN 978-7-5212-0387-5
定　　价：40.00 元
